LA
LÉGENDE DE JUILLY

PAR

ADOLPHE MONY

DOCTEUR EN MÉDECINE

ANCIEN ÉLÈVE DU COLLÈGE DE JUILLY

PARIS
IMPRIMERIE D. JOUAUST
Rue Saint-Honoré, 338

—

M DCCC LXXXIII

LA

LÉGENDE DE JUILLY

LA
LÉGENDE DE JUILLY

PAR

ADOLPHE MONY

DOCTEUR EN MÉDECINE

ANCIEN ÉLÈVE DU COLLÈGE DE JUILLY

PARIS

IMPRIMERIE D. JOUAUST

Rue Saint-Honoré, 338

—

M DCCC LXXXIII

A M. L'ABBÉ E. DE RÉGNY

AUMONIER DES DAMES DE SAINT-LOUIS

CHANOINE HONORAIRE DE ROUEN ET DE VERDUN

PRÉFACE

L'histoire de Juilly est faite; les annales de l'antique Maison, que la Révolution avait pu disperser, mais qu'elle n'avait pas pu détruire, ont été pieusement recueillies; un de ses anciens élèves ou, pour mieux dire, un de ses fils, M. Charles Hamel, aujourd'hui Président de l'Association Juillyacéenne, a publié, en 1868, « l'Histoire de l'Abbaye et du Collège de Juilly depuis leurs origines jusqu'à nos jours. » Cette œuvre considérable, où les patientes recherches de l'érudit s'éclairent des hautes considérations du penseur, où le passé, vainqueur de rudes épreuves, aide à supporter le présent et donne espoir en l'avenir, ce beau livre inspiré et dicté par le cœur, est le Livre d'or de Juilly.

« *Orior,* je m'élève », la noble devise de l'Oratoire, est aussi celle du vieux Collège; M. Hamel l'inscrit au titre de son livre et cherche tout d'abord d'où Juilly s'est élevé; pour retrouver son origine il lui faut remonter plus de quatorze cents ans; au début même de notre histoire, lorsque la France s'appelle encore la Gaule, dans ces plaines de Meaux à peine délivrées des Huns, il aperçoit une femme, une sainte qui sera la patronne de Paris, marquant la place où Juilly va paraître : c'est là que Geneviève, suivant la tradition, pour sauver une enfant et toute une contrée dans un été stérile, fait naître une source, qui coule toujours; c'est là, près de la pure fontaine, qu'elle donne à ses compagnes les premiers enseignements d'éternelle vérité, semence d'où Juilly doit sortir; c'est là qu'à sa demande s'ouvre aux misères de son temps un refuge, couronné de la croix, où l'on soulage le corps en consolant l'esprit.

Mais déjà l'œuvre pieuse est trop grande et trop belle; la religion d'État, si Rome en avait une, s'irrite de cette humble puissance qui rend l'espoir aux malheureux; la charité inquiète l'empire; un préfet se prononce, on va combler la source, abattre la maison, emprisonner la Sainte!... mais les Francs sont venus; ils chassent les Romains, et, quoique inconscients encore de leur mission, ils épargnent cette Croix, qui doit par eux fonder la France, et laissent Geneviève mourir en paix sur son œuvre immortelle.

Le temps marche; près du refuge s'élève un monastère séjour de travail et de paix; c'est là, dans cette époque barbare, où la force primait encore le droit, que l'âme concentrée sur elle-même, mais attentive à tout ce qui était humain, placée pour ainsi dire entre le ciel et la terre et fortifiant ainsi la foi par la raison, préparait doucement ce règne de la conscience qui est celui de la vraie liberté.

Alentour les ténèbres sont encore bien épaisses, mais les fils de Clovis et même ceux de Clothaire, rois qui n'avaient souvent de chrétien que le nom, respectent la lueur mystérieuse qui brille à la cellule du cloître et, dans leurs doutes, se tournent vers elle comme les Mages suivaient l'Étoile.

Et le cloître grandit; Charlemagne le protège. Non loin du monastère, une petite ville, l'ancienne cité de Mars, s'est agrandie aussi et se nomme Dammartin; elle est le centre d'un grand fief dont les seigneurs sont très puissants; l'un d'eux, le comte Foucault de Saint-Denys, est jeté, par la mort de son unique enfant, dans une sorte de folie furieuse et devient la terreur du pays; une vision le foudroie, il tombe au seuil du cloître, s'y fait moine et, pendant de longues années austères, élève de ses mains une église à la mémoire de son fils.

Ce sanctuaire qu'un père consacre à son enfant montre dès le XIIe siècle ce que Juilly doit être; à son ombre pieuse, près de ce marbre pur, bien des enfants doivent grandir; l'église de Foucault est encore aujourd'hui la chapelle intérieure du collège.

Et le collège va naître.

Moins de cent ans après la mort du comte, en 1250, après la glorieuse mais meurtrière croisade où Saint Louis prisonnier voyait sans pouvoir les défendre périr ses chevaliers dans les cachots de Mansourah, la reine Blanche recueille les enfants des croisés et, se faisant la mère de tous ces orphelins, les conduit à Juilly, qu'elle devra bientôt agrandir pour leur nombre. Et, lorsque Blanche n'est plus, Saint Louis, de retour, vient pleurer à Juilly sur sa mère et bénit ces enfants qui deviennent les siens.

Mais l'antique abbaye et le jeune collège, à peine unis depuis un siècle, vont être cruellement atteints dans les malheurs de la patrie; l'invasion étrangère, les discordes civiles, en désolant la France, n'épargnent pas la maison de ses enfants; dévastée par les bandes et brûlée par les Jacques, l'abbaye reste trente ans en ruines; elle se relève pour être encore détruite, et se relève encore, au milieu même de nos désastres, avec l'étrange vitalité de ces racines fécondes dont rien n'arrête les rejets.

Ses malheurs sont finis; elle prospère sous d'éminents prieurs, souvent appelés au conseil de nos rois. Henri d'Albret, qui l'enrichit et la restaure, lui lègue son cœur qui y repose toujours; ainsi que son grand-père, Henri IV aime à errer, avec Sully, sous ces ombrages séculaires qui semblent avoir pour privilège d'attirer tout ce que la France a de grand.

Enfin, en 1640, Louis XIII autorise l'union de l'abbaye à la congrégation de l'Oratoire; préoccupé d'étendre et d'élever l'instruction, le roi désire créer un collège modèle, et, en 1638, il fonde par lettres patentes l'Académie royale de Juilly.

Ainsi le collège de Saint-Louis renaît par les soins de Louis-le-Pieux; ainsi l'ermitage de Geneviève, où les misères accouraient se consoler, devient la maison de l'Oratoire où les esprits viennent chercher la lumière. Le flambeau brille vivement, allumé par le doyen de l'Oratoire, le grand cardinal de Bérulle, ce saint qui découvrait le génie de Descartes et l'obligeait à se révéler; et la flamme dont Bérulle éclaire l'Oratoire ne s'y éteindra plus; c'est un esprit de foi et d'examen, de tradition et de progrès, un esprit libéral, non seulement dans le sens étroit de notre époque, où la langue même s'altère, mais libéral dans la plus haute et la plus large acception du mot; c'est l'esprit qui, pendant plus de deux siècles, va fournir à la France, de Villars à Berryer, un nombre de grands hommes qui suffirait à illustrer un peuple; et, à côté de ces illustres, que d'hommes remarquables! et au-dessous, car le génie est rare et même le talent, s'il fallait dénommer tous les hommes utiles, tous ceux qui furent simplement bons, n'est-ce pas la liste entière des élèves de Juilly qu'il faudrait dérouler?

Et chose singulière!... parmi la foule énorme des fils de l'Oratoire qui servirent leur pays dans toutes les carrières, on voit beaucoup de soldats, beaucoup d'hommes politiques, des savants, des artistes..... on voit très peu de prêtres.

L'Oratoire, en effet, n'a pas pour seule devise: « *Orior* », ce cri d'enthousiasme semblable aux cris d'honneur des preux dans la mêlée; il en a une seconde, très simple, très humaine, inscrite au-dessous de l'autre sur le blason de son portail : « Entre qui peut, sort qui veut. » On pourrait la traduire: Science et liberté, et l'on traduirait bien; ces fiers religieux étaient et sont toujours des maîtres délicats, en enseignant leur foi, en donnant leur savoir ils veulent seulement faire de l'enfant un homme; ils sont surtout jaloux, qu'en sortant de leurs mains la conscience soit une vierge maîtresse d'elle-même.

Cet esprit que Bérulle léguait, il y a deux siècles, à sa congrégation, est devenu tellement l'esprit même de Juilly, il existe à ce point dans l'air qu'on y respire, on pourrait dire jusque dans ses murailles, que, lorsqu'en 1828, Juilly dut cesser pour un temps d'appartenir à l'Oratoire, les nouveaux directeurs, MM. de Scorbiac et de Salinis, s'engagèrent d'eux-mêmes à perpétuer sa tradition, et qu'après eux les prêtres de Saint-Louis, MM. Bautain, Carl, de Régny, en firent la base de leur doctrine.

Celui qui trace ces lignes, élève des prêtres de Saint-Louis, peut en offrir un témoignage; on lui pardonnera sans doute de le donner, car dans ce souvenir, tout personnel qu'il soit, c'est Juilly seul qui est en cause.

Vers sa quinzième année, l'auteur de cette préface se crut appelé à la vie religieuse; il s'ouvrit de ce qu'il pensait être une intention formelle au prêtre, jeune encore et déjà vénéré, qui éclairait plutôt qu'il ne dirigeait sa conscience : « C'est très bien, mon enfant, lui dit M. de R***, mais il faut avant tout terminer tes études; quand elles seront finies, nous causerons de cela. » Les études s'achevèrent, l'enfant devenu jeune homme n'avait pas reparlé de sa vocation, et le prêtre, qui, après plus de trente ans, lui garde encore son amitié, ne lui en reparla jamais.

Dans l'organisation nouvelle qui, en 1865, donnait Juilly aux Juillyacéens, le successeur de M. Carl à la direction du collège, M. l'abbé E. Maricourt garda pieusement la tradition, et quand, moins de deux ans plus tard, les Oratoriens retrouvaient leur Juilly, l'ordre, à défaut des hommes, pouvait, dans ces vieux murs où jamais rien ne change, croire n'en être jamais sorti.

M. Hamel termine là l'histoire de Juilly; quand il achevait son livre, nul ne pouvait prévoir que le temps était proche où, dans l'enseignement, le programme officiel serait l'impiété; où, comme les aruspices, ces augures qui pourtant ne pouvaient pas, dit-on, se regarder sans rire, l'instruction publique lirait très clairement dans des entrailles vivantes que la création n'a pas de créateur; où, plus tremblante devant la Croix que les préfets du bas-empire, l'autorité la proscrirait; où, sous le nom de liberté, une licence qui déchaîne tout voudrait garrotter la conscience!

Si quelqu'un l'eût prédit, nul n'aurait pu le croire; M. Hamel le pressentait; les dernières pages du livre, saisissantes, prophétiques, semblent écrites d'hier; plus de deux ans avant la chute de l'Empire, elles disent déjà tout ce que nous devions voir, tout ce que nous voyons ; cette fièvre de jouissance et cette soif de l'or ; les âmes qui s'endorment, les appétits qui montent, la bête voulant son règne et ses gardiens aveugles coupant eux-mêmes ses liens pour qu'elle les épargne !... elles montrent où doit tomber une société sans foi, une terre sans ciel ; elles marquent sa limite à ce triomphe de la matière, à cette science impie, grande seulement de son orgueil, qui croit tout remplacer et qui ignore le cœur de l'homme, coupe à l'esprit ses ailes et nous enchaîne sur un peu de terre flottante, parias navrés de l'Infini !

Devant cet abaissement de tout, ces ténèbres sociales où tous les monstres peuvent librement surgir, l'historien de Juilly salue comme une aurore la renaissance de l'Oratoire... « *Orior*, je sors de l'Orient !... » L'Oratoire, cette école dont l'antique flambeau, comme celui de Prométhée, s'est allumé au feu du ciel ; dont la science, modeste parce qu'elle connaît l'homme et voit l'immensité, prenant pour guide l'Espérance et la Charité pour compagne, éclaire d'abord et agrandit le cœur, ce sanctuaire de la raison ; l'Oratoire, ce haut lieu, où, dominant le monde sans l'oublier ni le fuir, l'âme trouve ce calme nécessaire à son vol comme la montagne à l'aigle ; où, loin des intérêts, de ce chacun pour soi qui, seul but de la vie, fait qu'on s'entre-dévore, l'enfant apprend à lire ces grands mots d'autrefois : « Dévouement, sacrifice », et se prépare à les comprendre ; où il entend que le travail, ce fardeau si pesant pour l'envie, est notre dignité, notre mérite et notre joie ; où, lorsque tout s'ébranle, lorsqu'on ne parle plus à l'homme que de ses droits, on lui enseigne le devoir ; l'Oratoire, la maison, le foyer de famille qui, n'oubliant jamais que dans ses armoiries sont les fleurs du passé, élève pour l'avenir des fils dignes de la France.

La France!... — C'est le dernier mot de l'Histoire de Juilly, et, après un tel livre, il n'y a certes plus rien à dire. Nous n'aurions en effet rien à y ajouter. Mais après l'historien, il y a le chroniqueur; sur les pierres du passé, à côté d'inscriptions respectées par le temps, qui font qu'on le retrouve, il en est quelques-unes, à demi effacées, sur lesquelles on rêve; après les parchemins que se transmettent les siècles, il y a les traditions que les vieillards racontent, il y a les légendes qui composent la Légende.

Ce sont ces fragments d'inscriptions dont nous avons cherché à compléter le sens, ce sont ces souvenirs que nous avons fixés. L'œuvre, douce et facile, n'est d'ailleurs pas récente; elle s'est faite peu à peu. Pour les Juillyacéens les légendes de Juilly ne seront pas nouvelles; ils les ont entendues les unes après les autres dans ces banquets annuels où se réunissent les anciens; elles y furent écoutées mieux qu'avec bienveillance; c'était tout naturel, elles parlaient de Juilly. Mais c'est le bon accueil qui leur fut fait alors qui nous a décidé à les faire paraître; nous avons supposé que, présentées ensemble, avec le rapprochement de leurs faits merveilleux, avec le lien caché qui les enchaîne, elles pouvaient offrir à ceux qui les connaissent encore quelque intérêt; qu'elles seraient pour eux non pas, nous le répétons, un chapitre nouveau de l'histoire de Juilly, mais des estampes naïves pouvant se mêler à ses pages comme les enluminures des anciens manuscrits.

Et puis, pourquoi ne pas le dire, nous avions une raison tout autre mais très puissante d'imprimer en ce moment la Légende de Juilly. Ceux qui connaissent Juilly nous comprendront sans peine ; que ceux qui ne le connaissent pas veuillent bien nous y suivre un instant; qu'auprès de ces vieux murs, que rajeunit le temps, ils descendent avec nous les marches de sa fontaine; assis sur ces degrés que la mousse a disjoints, n'entendant que le bruit de l'onde qui s'écoule, qu'ils regardent ce cristal qui, depuis tant de siècles, s'échappe de son rocher, d'un flot toujours égal, avec la même fraîcheur et la même pureté; la poussière du temps, accumulée autour, n'a pas pu le tarir; les révolutions ne l'ont pas même troublé. Devant la source claire, image de Juilly, on pourra, si l'on veut, contester nos légendes et même les nier, mais on ne niera pas l'existence de Juilly et sa pérennité vraiment miraculeuse; et l'on comprendra bien qu'au moment où nous sommes, lorsque, pour être menacée, il suffit qu'une maison porte à son faîte la Croix, un fils du vieux Collège tienne à lui rendre un humble mais profond témoignage de son amour filial, rappelle à tous son nom, ne fût-ce qu'en le prenant pour le grand titre d'un petit livre, et soit fondé à dire que la noble Maison, née avec notre chère France, ne vivra pas moins qu'Elle.

Paris, Janvier 1883.

LÉGENDE PREMIÈRE

Où l'on voit

comment sainte Geneviève fit naître une source

LA LÉGENDE DE JUILLY

LÉGENDE PREMIÈRE

C'était en quatre cent cinquante. — En ce temps-là,
Tombant sur l'Occident des fanges du Bosphore,
Passait, comme un sinistre et hideux météore,
Un monstre à front humain qu'on nommait Attila.
L'Ivresse et la Fureur étaient ses Renommées,
Ses étendards, la torche et la faux; ses armées
Une horde sauvage au teint fauve, au poil roux,
Dont les têtes, de graisse et de sang parfumées,
Se paraient d'os humains et de crânes de loups;
Ames, — s'ils en étaient, — à la pitié fermées
Ils égorgeaient la femme et l'enfant à genoux;
Leurs bras étaient noueux, leurs bouches affamées,

Et les cris déchirants des villes enflammées
Disaient où ces démons avaient porté leurs coups.

Or, lorsque ce Maudit, du Danube à la Somme,
Eut promené dix ans le massacre et le feu,
Lorsqu'il voulait un trône et le voulait à Rome,
Lorsqu'il s'intitulait, se croyant plus qu'un homme,
Le Marteau de la terre et le Fléau de Dieu;
Quand il disait, joignant la folie à l'audace,
Que l'herbe était flétrie où son pied se posa
Et que nul n'oserait le regarder en face,
— Et que nul ne l'osait... — Une femme l'osa.

Cette femme, c'était Geneviève, humble fille
Qui paissait son troupeau sur le bord du chemin
Lorsque le grand évêque appelé Saint Germain
Découvrit à son front cette flamme qui brille
Sur ceux que le Seigneur a marqués de sa main.

Avez-vous quelquefois, le soir, lorsque les cierges
Au fond du chœur désert s'allumaient lentement,
Avez-vous contemplé dans un temple flamand
Les vieux vitraux remplis de saintes et de vierges?
Quelque pieux van Eyck, ivre de chasteté,
Dans un songe céleste a surpris leur beauté;
Dans son cœur au réveil il les voyait encore

Et les créa, d'extase et d'amour transporté;
— Chefs-d'œuvre d'innocence et de mysticité
Dans les feux du couchant dont le cristal se dore
Elles semblent planer si haut qu'on les adore,
Sublimes visions de ce monde enchanté,
Ce monde où l'idéal est la réalité.

Telle était Geneviève alors que sa prière
Pour ses frères tremblants montait vers le Très-Haut,
Et que, du roi des Huns terminant la carrière,
La vierge aux tresses d'or éloignait ce fléau;
Et tandis que, saisi d'un étrange vertige,
Le Tartare à Châlons rassemble ses débris,
La sainte, sur ses pas poursuivant son prodige,
Sauve, en priant toujours, la France après Paris;
Elle prie, et le Scythe abandonne sa proie;
Elle prie, et la Gaule a retrouvé la joie,
Les oiseaux dans leurs nids redisent leur chanson,
Et le sol, dont le pied d'Attila séchait l'herbe,
Dans le sang des vaincus nourrit la verte gerbe
Dont le Gaulois joyeux peut rêver la moisson.

C'est alors qu'au milieu des paisibles campagnes
Où, comme les épis, renaissaient les hameaux,
Parmi les fleurs des prés, sous l'ombre des ormeaux,
Devisaient Geneviève et ses jeunes compagnes.

L'une, enfant aux yeux bleus de la cité de Meaux,
Céline, qui, plus tard, devint sainte Céline,
Portait le doux surnom d'Ange de la douceur;
Geneviève l'aimait et la nommait sa sœur,
Et bien souvent, à l'heure où le soleil s'incline,
Sous l'abri d'un vieux chêne assises loin du bruit
Comme deux séraphins qui replîraient leurs ailes,
Regardant s'embraser les astres de la nuit,
Elles s'entretenaient des choses éternelles;
Geneviève parlait, sa sœur se souvenait.
Premiers enseignements qu'en ces siècles sauvages
La sainte offrait à l'ange au pied de ces ombrages,
Au lieu prédestiné que son cœur devinait;
C'est la place où Juilly dans un miracle naît,
Où, quand il grandira, dans le courant des âges,
L'arbre lui redira ce que l'ange apprenait.

Un jour... — l'été brûlant désolait la nature, —
Sous un ciel embrasé tout dormait lourdement;
Les puits étaient taris; dépouillant leur verdure,
Les rameaux desséchés pendaient sans mouvement;
Les animaux mourants dédaignaient leur pâture,
Et, dans ce calme affreux, de moment en moment
S'élevait du lointain un sourd rugissement.

Geneviève et Céline au milieu de la plaine

Se hâtaient; un malade attendait leur secours;
Mais Céline bientôt, sans force et sans haleine,
Se sentait défaillir, et se hâtait toujours.
Geneviève l'aidait, se soutenant à peine :
« Encore quelques pas, nous serons au vieux chêne;
D'un peu d'ombrage encore il couvre le rocher.
— Qu'il est loin! — Du courage!... » — Elles vont y toucher;
Mais Céline chancelle et tombe haletante,
Et, sous le ciel de feu, sur la terre brûlante
C'est la mort!... — Elle est prête, et ses grands yeux si doux
Disent : « Ma sœur, adieu! » Geneviève, à genoux,
Fixant d'un œil ardent la voûte étincelante,
Disait : « Seigneur, Seigneur, ayez pitié de nous. »

A peine la prière était-elle achevée,
Soudain la foudre éclate et, du roc entr'ouvert,
Une source a jailli!... — le chêne est toujours vert,
Des fleurs couvrent le sol, et Céline est sauvée.

LÉGENDE DEUXIÈME

Où l'on voit comment

fut fondé le refuge de la fontaine miraculeuse

LÉGENDE DEUXIÈME

Geneviève à ses pieds voyait courir joyeux
Le flot qui, par prodige, était sorti de terre;
Mais son humilité devant un tel mystère
Se refusait d'y croire et, doutant de ses yeux,
Elle pensait rêver un songe merveilleux.
Pourtant près du rocher sa compagne mourante
Rappelait Geneviève à la réalité,
Et, plongeant ses deux mains dans l'onde murmurante,
La sainte s'élança vers la vierge expirante
Et versa sur son front le cristal enchanté.
Un soupir, une étreinte, une rougeur légère...
Céline renaissante ouvrit les yeux, sourit,
Regardant l'eau couler... — Mais lorsqu'elle comprit
Que c'était un miracle et qu'une humble bergère
Obligeait par sa foi Dieu même à se montrer,
Elle joignit les mains et se mit à pleurer.
La sainte, sur son cœur attirant l'orpheline.

Lui dit : « Ta mère au ciel a prié Dieu pour toi. »
Puis elle demanda par serment à Céline
De se taire, et l'enfant le promit sur sa foi.

Il ne faut pas douter que l'enfant dut se taire,
Mais un ruisseau murmure et ne peut se cacher;
De trop ardentes soifs y couraient s'étancher;
Déjà près de l'agneau le loup s'y désaltère,
Et peut-être qu'assis derrière le rocher
Le pâtre ou le chasseur fut témoin du mystère.

On en parlait le soir dans plus de vingt hameaux,
On en parlait bientôt dans toute la contrée;
Tous voulaient de leurs yeux voir la source sacrée.
L'eau sainte, assurait-on, guérissait tous les maux;
Et tous ceux qui souffraient dans le pays de Meaux
Et tous les affligés de la Gaule Belgique
Accouraient éprouver la fontaine magique.
Rien que de l'avoir vue on s'en allait content;
Si tous, malgré leur foi, n'y laissaient leur souffrance,
Tous l'avaient adoucie en puisant l'espérance.
Les pèlerins venaient en foule; il en vint tant,
Le corps et l'âme en proie à toutes les misères,
Que des prêtres du Dieu par qui nous sommes frères,
Créant avec leurs cœurs une hospitalité,
Ouvrirent un refuge où tous ces pauvres hères,

Se traînant de si loin pour chercher la santé,
Au moins à leurs douleurs trouvaient la charité.

L'asile tous les jours accroissant son enceinte,
C'était déjà Juilly; la pieuse maison
Enseignait à son temps la Croix pour guérison;
Mais contre Geneviève et la fontaine sainte
Un orage nouveau grondait à l'horizon.

Quelques siècles avant, la colline hautaine
Qui domine de loin la plaine de Juilly
Avait vu tout à coup son rempart assailli
Par des gens inconnus et par un capitaine
Qu'on appelait César et que le genre humain,
Lassé de Jupiter, proclama dieu romain.
Ce dieu, qui par la force avait conquis la terre,
Laissa sur la colline un poste militaire
Et s'en alla mourir sous les coups du sénat;
Mais pour être trop grand quoiqu'on l'assassinât,
Rome hérita de lui le monde pour domaine;
L'administration et le patriciat
Jetèrent leurs filets sur l'œuvre surhumaine,
Et bientôt, garrottée avant qu'elle criât,
La Gaule un beau matin se réveilla romaine
Entre la légion et le prétoriat.
Or, le pays de Meaux avait pour consulaire

Un ancien curiale, officiel vaurien,
Ne respectant personne et ne doutant de rien,
Faisant dans son métier sa fortune trop claire;
Un culte, quel qu'il fût, provoquait sa colère,
Mais les chrétiens surtout excitaient son ennui;
Heureux de se régler sur l'empereur Tibère,
Il s'endormait content lorsqu'il leur avait nui.
Aussi, quand les vertus de l'eau mystérieuse,
Grâce à ses courtisans, parvinrent jusqu'à lui,
Il eut une colère à ce point furieuse
Que toute sa maison, en accourant au bruit,
Pensait que pour le moins l'empire fût détruit.
Il se calma pourtant et, d'une voix d'oracle,
Il traita les chrétiens de vendeurs de poison,
Dit que le seul vrai dieu s'appelait la raison...
Et la raison conclut qu'on tarît le miracle,
Qu'on chassât les chrétiens, qu'on rasât leur maison
Et qu'on mît Geneviève et Céline en prison.
Quand il montrait son zèle à briser une idole,
Le Romain oubliait sans doute en ce moment
Les trente mille dieux assis au Capitole,
Et croyait travailler pour le gouvernement.

Déjà sur l'humble toit la pioche était levée;
Mais on abandonna la tâche inachevée
Devant des intérêts et des dangers plus grands;

Les vainqueurs d'Attila, les redoutables Francs,
Venaient comme un torrent, conduits par Mérovée.
L'histoire ne dit pas la terreur du Romain;
Elle dit seulement qu'au fort de la bataille,
Cherchant des ennemis qui fussent de sa taille,
Le roi victorieux le tua de sa main.

Les derniers des préfets, profitant de l'exemple,
Ne résistèrent pas.
Autrefois dans ce lieu
Les Romains au dieu Mars avaient construit un temple;
Les Francs voulaient brûler le temple avec le dieu.
Mais deux amis du roi détournèrent la flamme;
Ces deux amis, c'étaient Geneviève et Martin;
Ils voulaient consacrer le temple à Notre-Dame,
Et le Franc leur donna cette part du butin.
Ce temple, où de longs jours doit vivre le saint prêtre,
Redira ses vertus dans un âge lointain;
Une cité paisible à son ombre va naître,
Et le rempart de Mars deviendra Dammartin.

LÉGENDE TROISIÈME

Où l'on voit

comment le comte Foucault de Saint-Denys

fonda une chapelle expiatoire

LÉGENDE TROISIÈME

Geneviève n'est plus; mais l'eau de sa fontaine,
Triomphant des efforts de la haine romaine,
Par un nouveau miracle a de nouveau jailli,
Et depuis sept cents ans le pauvre est accueilli
Sous le toit charitable élevé dans la plaine
Où, sept cents ans plus tard, nos yeux verront Juilly.
Ami de Geneviève, il a suivi son âme,
Ce prêtre vénéré qu'on appelait Martin;
Mais le temple de Mars, où règne Notre-Dame,
Garde leur souvenir sur le mont Dammartin.
Les siècles et les rois ont suivi leur exemple,
Ils ont sanctifié tout ce qui fut païen,
Et le palais romain qui dominait le temple
A fait place au castel d'un comte très chrétien.

Or, — l'année onze cent soixante de notre ère, —
Le très noble et très haut Foucault de Saint-Denys,
Comte de Dammartin et seigneur du pays

Dont vingt rois avaient fait son fief héréditaire,
Après un long espoir vit ses vœux accomplis :
Le dernier de sa race, enfin il était père !
Mais, comme le ciel pur enfante le tonnerre,
Tous les bonheurs humains de larmes sont suivis ;
Ce fils si désiré devait grandir sans mère,
La comtesse était morte en embrassant son fils.

Foucault d'un coup mortel sentit son âme atteinte ;
Mais le père étouffa la douleur de l'époux,
Et le chrétien jura d'aller en terre sainte
Sur le tombeau du Christ plier les deux genoux
Et prosterner trois fois son front dans la poussière
Afin que le Seigneur écoutât sa prière
Et donnât tous ses jours à l'enfant pâle et doux
Qui rappelait trop bien sa douce et pâle mère.

En ce temps-là vivait un saint homme de Dieu,
Le prieur du couvent fondé sur l'ermitage
Où vécut Geneviève ; — on vénérait ce sage,
Le comte entre ses mains renouvela son vœu ;
Puis cet homme de bronze, endurci par les armes,
Sentit son cœur se fondre et faiblir sous les larmes,
Et, lui montrant son fils, il partit au saint lieu.

Le cloître vit grandir son Wilhem au front pâle,

Aimé comme un enfant, gardé comme un trésor;
Wilhem était si beau sous ses longs cheveux d'or,
Avec ses grands yeux bleus changeants comme l'opale,
Profonds comme la mer et purs comme les cieux!
Le père Emmanuel n'était pas plus pieux;
Le vieillard et l'enfant s'adoraient l'un et l'autre,
Et quand Wilhem suivait ses leçons dans ses yeux,
On aurait dit un ange écoutant un apôtre.

Mais souvent ces terreurs dont le cœur se défend
Agitaient le vieillard en regardant l'enfant :
Il le trouvait trop pur pour rester sur la terre;
Et puis Wilhem parfois, triste et silencieux,
Cherchait au fond des bois une ombre solitaire
Et murmurait tout bas des mots mystérieux.

Un soir, dans la forêt, l'un des religieux
Qui le suivaient de loin vit un spectacle étrange :
L'enfant n'était pas seul... on parlait avec lui...
Le frère s'approcha... l'étranger avait fui;
Mais le moine avait vu les deux ailes d'un ange
Et l'auréole d'or des habitants du ciel.
Wilhem, interrogé, voulut d'abord se taire,
Et puis il avoua que l'ange Gabriel
Venait souvent, le soir, lui parler de sa mère.
Ce soir-là le prieur pria Dieu plus longtemps;

Le comte était parti depuis près de cinq ans...
— Le ciel a-t-il choisi de l'enfant ou du père?

Le matin un bruit sourd de chevaux et d'airain
Éveillait tout à coup le calme de la plaine,
Et l'écho grandissant d'une clameur lointaine
Disait : « C'est lui... c'est lui! le seigneur suzerain! »
— C'est le comte... il paraît au seuil de la vallée;
Il accourt... — mais quel trouble a retardé ses pas?
Quel noir pressentiment dans son âme accablée
Jettent les tintements de ce funèbre glas?
Pourquoi près du couvent cette foule assemblée?
Qui donc est mort?... — Il marche, hésitant, éperdu...
Il entre... — dans les cœurs le sang est suspendu...
Déjà d'un pas rapide il est au sanctuaire...
Il soulève un drap noir, il écarte un suaire...
Sur le crêpe des morts son fils est étendu!
Ceux qui le regardaient chancelèrent de crainte;
Immobile et muet, on vit son front pâlir,
Ses yeux creux s'excaver, ses cheveux gris blanchir,
Puis, d'un regard sanglant souillant l'antique enceinte,
D'un coup de gantelet il brisa la croix sainte,
Et, poussant du talon les moines prosternés,
Sans jeter un sanglot, sans verser une larme,
Il sortit du couvent avec ses hommes d'armé
Et, saisissant sa hache, il leur cria : « Venez! »

Sur la France régnait un prince brave et juste,
Mais sur le roi régnait la féodalité ;
Philippe, — que son temps nomma Philippe-Auguste,
Pour le peuple et le roi voulait la royauté.
Si le roi rencontrait de rudes adversaires,
Le peuple redoutait de cruels ennemis ;
Mais des grands révoltés, des chefs de mercenaires
Le plus terrible était Foucault de Saint-Denys.
Il était possédé d'une étrange colère :
Lorsque l'on fait le mal c'est dans quelque intérêt ;
Mais Foucault le faisait comme pour s'y complaire,
Ou comme pour tenir quelque serment secret.
Trois ans ce forcené de province en province
Promena ses bandits dans le sang et le feu,
Jetant les pleurs du peuple à la face du prince,
Et jetant le blasphème à la face de Dieu.
Mais le cœur des humains a d'étranges abîmes ;
Ce démon acharné, dans le mal triomphant,
Ce bourreau qui comptait ses heures par ses crimes
Et riait tous les jours des cris de ses victimes,
Pleurait toutes les nuits de la mort d'un enfant.

Un soir qu'il passait seul au fond d'une clairière
En s'en allant sans doute à quelque œuvre de sang,
Pensif, il se heurta contre la blanche pierre
Où Wilhem sommeillait son repos innocent.

Foucault pleurait, — les pleurs sont presque une prière,
Quand la nuit s'éclaira d'un jour éblouissant;
Des chants où la douleur se mêle à l'espérance
Versent dans l'air tremblant leurs sanglots inouïs;
Le comte est déchiré d'une horrible souffrance,
Et Wilhem apparaît à ses yeux éblouis.
C'est toujours cet enfant qu'il adorait sur terre;
Mais son front est plus pâle, et ses yeux plus profonds:
D'une douleur immense il porte le mystère,
Et sans se consumer brûlent ses cheveux blonds;
Il marche dans les airs ainsi que dans un rêve
Et parle tout à coup d'une voix sourde et brève :
« Père, délivre-moi du supplice de feu;
C'est pour toi que je souffre et dois souffrir sans trêve
Tant que tu resteras l'ennemi de ton Dieu.
Prends pitié de ton fils et de ma mère. — Adieu. »

Le lendemain un homme, étendu sur la terre,
Frappait de son front nu le seuil du monastère;
Le prieur releva Foucault de Saint-Denys.
Le comte se fit moine et, dans ces lieux bénis,
Commença de ses mains le temple expiatoire
Qui devait arracher aux feux du purgatoire
Cet ange du Seigneur qu'il avait eu pour fils.
Le temple s'élevait; ceint de bure grossière,
Le comte, les pieds nus, l'acheva pierre à pierre;

Puis, lorsque la prière eut sacré ce saint lieu,
Lorsqu'après de longs jours de pénitence amère
Il crut enfin que l'ange avait rejoint sa mère,
Foucault de Saint-Denys s'en alla devant Dieu.

LÉGENDE QUATRIÈME

Où l'on voit

comment la reine Blanche fonda le collège de Juilly

LÉGENDE QUATRIÈME

C'était en douze cent cinquante, époque sombre
Qui, les mains en prière et les pieds dans le sang,
Regardait aux éclairs se combattre dans l'ombre
L'empereur Frédéric et le pape Innocent.
Mais sur ces jours sanglants et sur ces nuits funèbres,
Sur ces fronts embrasés de rêves inouïs,
Un front pur et brillant, qui chassait les ténèbres,
Apparut aux regards des peuples éblouis :
C'était le roi de France appelé Saint Louis.
Calme, prudent et ferme, il marchait dans sa voie;
Mais, voyant que le Turc, assis sur le Saint Lieu,
Convoitait l'Occident, comme un vautour sa proie,
Il tremblait pour son peuple et souffrait pour son Dieu.
C'était là le danger qui lui paraissait pire;

Et, témoin de la lutte entre Rome et l'Empire,
En roi comme en chrétien il la comprenait peu.
La douleur l'accabla; Louis devint malade,
Tellement qu'on pleurait sur le meilleur des rois;
Mais jurant, s'il vivait, de faire une croisade,
Sur son lit de souffrance il s'attacha la croix.
Ce fut, quand il partit, une tristesse amère,
Et jusqu'à son vaisseau son peuple l'escorta;
Louis, comme Jésus du haut du Golgotha,
Leur dit : « Consolez-vous, je vous laisse ma mère. »
Puis il bénit son peuple, et le vent l'emporta.

Blanche était un cœur tendre, une âme large et forte;
Elle adorait son peuple et partageait ses maux ;
Jamais le pauvre en vain n'avait heurté sa porte,
Il la voyait souvent parcourir ses hameaux.
La reine, étant un jour dans la ville de Meaux,
Reçut un pèlerin qui venait d'Aigue-Morte :
Il avait vu dans Chypre aborder les Français,
Il confirmait le bruit de leurs premiers succès,
Louis en débarquant avait pris Damiette;
Depuis, — silence étrange, — on n'avait rien appris.
La France était surprise et la reine inquiète...
Le saint homme acheva d'alarmer les esprits :
— Louis à Mansourah s'était couvert de gloire,
Mais, lorsqu'on célébrait le roi victorieux,

Louis, comptant les morts que coûtait la victoire,
Avait caché les pleurs qui tombaient de ses yeux;
Le vainqueur était triste, et les vaincus joyeux.

Les grands événements ressemblent à l'orage,
L'air est d'abord pesant sous un ciel encor pur,
Puis du sombre horizon s'élève un voile obscur,
Roulant des bruits confus comme un lointain naufrage,
Et, quand le manteau noir a couvert tout l'azur,
L'éclair ouvre la nue et l'ouragan fait rage.
L'orage qui montait ne tarda pas longtemps :
Un soir, une chaloupe a jeté dans Marseille
Quelques hommes vêtus du sac des pénitents;
Ils sont partis avant que la ville s'éveille,
A peine leurs coursiers soufflent quelques instants;
Ils volent, ne disant que ces deux mots : « La reine? »
Et, poursuivant la route où le ciel les entraîne,
Ils arrivent dans Meaux et tombent haletants.
C'étaient des chevaliers connus pour leur bravoure;
Blanche, les voyant seuls, croit avoir tout compris :
« Le roi n'est plus !... — Il vit, Madame; la Mansoure
Dans ses cachots sanglants égorge nos débris,
Mais le roi vit encor dans les mains qui l'ont pris. »

Une immense douleur s'étendit sur la France;
De nouveaux arrivants lui disaient ses malheurs;

La liberté du roi rendit quelque espérance,
Mais ceux qui sur un mort devaient verser des pleurs
N'avaient aucun espoir pour calmer leur souffrance.
Triste est la solitude où s'éteindra l'aïeul,
L'abandon de l'épouse et le deuil de la mère;
Mais encore plus triste est de voir grandir seul
L'enfant faible et craintif qui demande son père.
Mais Blanche se penchait déjà sur leurs berceaux;
Elle fit publier qu'on amenât dans Meaux
Tous les enfants des preux morts pour la cause sainte;
Et, lorsque sous son aile ils furent réunis,
Elle les conduisit dans la pieuse enceinte
Où dormait, pardonné, Foucault de Saint-Denys.
Il semblait à son cœur qu'une douleur amère
Ne pouvait exister sous ces arbres bénis,
Et que les orphelins retrouveraient un père
Dans ce vieillard de marbre incliné sur son fils.

Le nombre des enfants ne faisait que s'accroître;
Au bout de peu de temps on put prévoir le jour
Où l'on ne tiendrait plus dans les salles du cloître,
Et le cloître aussitôt augmenta son contour;
Là des murs de dortoir, ici des murs de cour :
« Agrandissons l'étang, bâtissons la chapelle;
Ces pierres, ces chevrons, où faut-il les porter? »
Tous veulent travailler à la maison nouvelle...

« Mes enfants, dit la reine, il faut vous contenter. »
Et tandis qu'elle va, dans ce costume austère
Qu'aujourd'hui dans Juilly nous montre une autre mère,
Elle entend les enfants courir, rire et chanter
En élevant le toit qui doit les abriter.

Mais depuis quelque temps Blanche éprouvait l'atteinte
De la main qui prévient que nos jours vont finir.
Saint Louis s'acharnait à sa mission sainte;
On pressait son départ, sans pouvoir l'obtenir,
Lorsqu'un jour à grand'hâte il voulut revenir :
Il savait que pour Blanche on avait quelque crainte.
Mais que la mer est vaste et que le vent est lent
Pour celui que de loin l'inquiétude appelle!...
Plus Louis approchait, plus il était tremblant,
Et quand il mit le pied dans la triste chapelle,
Sur un grand velours noir il vit un cercueil blanc.
Certes c'était un roi d'une âme bien trempée,
Mais il aimait sa mère avec un cœur d'enfant;
Et puis, ayant laissé l'ennemi triomphant,
Il croyait que le ciel châtiait son épée;
Et pensant que par lui sa mère était frappée,
Il plia les genoux, de sanglots étouffant.
Tandis qu'il était là, prosterné dans ses larmes,
Il entendit des voix qui s'élevaient du chœur,
Et ces voix lui disaient : « Regarde-t-il tes armes

Celui dont l'œil perçant peut lire au fond du cœur?
Je ne t'ai pas choisi pour être homme de guerre,
Mais j'ai compté les maux que tu souffris pour moi;
Il te reste à finir la tâche de ta mère,
Ton peuple t'attendait : Louis, relève-toi. »

Et Louis, se levant, ne vit au sanctuaire
Qu'une foule d'enfants à genoux près de lui,
Qui lui tendaient les mains et qui, dans leur prière,
Lui disaient : « Seigneur roi, vous êtes notre appui. »
Et Louis bénissait et bénissait encore
Ces yeux doux et brillants, ces fronts épanouis!...
— Juilly, dont Geneviève avait béni l'aurore
Trouvait dans Saint Louis l'aïeul dont il s'honore;
Ses fils seront toujours des fils de Saint Louis.

A PARIS

DES PRESSES DE D. JOUAUST

Imprimeur breveté

RUE SAINT-HONORÉ, 338

www.ingramcontent.com/pod-product-compliance
Ingram Content Group UK Ltd.
Pitfield, Milton Keynes, MK11 3LW, UK
UKHW022142190726
13855UKWH00003B/1297